服部真里子　第一歌集

行け広野へと

＊栞

二〇一四年九月

本阿弥書店

傷ついた鱗ほど

伊藤　一彦

無記名の作者の応募作品を自宅で下読みしながら賞の候補作品を選ぶときにはあれこれ迷うことが多い。しかし、第二十四回の「歌壇賞」の選考では迷いはなかった。今度の受賞作はこれ以外にないと思った。二重丸をつけた。それが服部真里子の「湖と引力」だった。やがて開かれた選考委員会では二重丸は私だけだったものの、他の三人の委員が一重丸をつけ、「湖と引力」の受賞がすんなりと決まって嬉しかったことを覚えている。

今回の歌集『行け広野へと』に「湖と引力」は当然収められている（ただし、「歌壇賞のとき三十首だった作品は十九首に減じてある)。

鶏頭のひと茎が燃えつきるまでここで話をしてすごそうか
とりたてて言わない思い出として君が花をむしって食べていたこと
感情を問えばわずかにうつむいてこの湖の深さなど言う
湖に君の姿は映されてそのまま夏の灯心となる
湖と君のさびしさ引きあって水面に百日紅散るばかり

湖に二人で出かけるという設定のなかで、「君」の登場している作である。一首目、ずっといつまでも話をしていようという静かな思いの強さを上の句が表現している。二首目、花をやや乱暴にむしって食べたことは「君」の意外な印象として残っているのだが、そのこだわりは「とりたてて言わない」というところが味わいどころだろう。三首目、作者は「感情」の何を問うたのか。唐突な問いに対して「君」はさりげなく逃げた。下の句を私はそう読む。四首目、湖面に映った「君」の姿を「夏の灯心」とはロマンティックすぎるかも知れないが美しい。五首目、上の句は心理描写でなく、湖面に映っている「君」を場面描写した巧みな作として読んだ。下の句の句またがりは効果的だが（初句から流れがスムーズすぎるのをそれを抑えて）、結句の「ばかり」は強調しすぎと思う。

湖を中心においた場面の表現も、感情を捉えきれない「君」への心情のそれも、説得力があると、今度の歌集のゲラ刷りを読みながら改めて思った。新鮮な恋歌であると思う。若い人に時に見られる鬼面人を驚かすところはない。それは短所でもあり長所でもあると言えるのだろう。私の狭い見聞の話ながら、鬼面人を驚かすたぐいの歌人は作者寿命が短い。そうでない歌人の方が持続的に作歌し、自分の世界を創りあげる。服部真里子は後者のタイプであると信じる。

くだらないことであんまり笑うから服の小花の柄ぶれている

残照よ　体軀みじかき水鳥はぶん投げられたように飛びゆく
どの魚もまぶたを持たず水中に無数の丸い窓開いている
日のひかり底まで差して傷ついた鱗ほどよく光をはじく

「湖と引力」からさらに引いた。魅力あるこれらの歌を一言でいえば、明るいということだろう。四首目の「傷ついた鱗ほどよく光をはじく」がその明るさを端的に示している。今の時代に貴重な明るさだ。

服部真里子は「歌壇賞」を受賞する前年に「短歌研究新人賞」で次席になっている。「行け広野へと」である。佐佐木幸綱はその選考委員会で、

花曇り　両手に鈴を持たされてそのまま困っているような人
春だねと言えば名前を呼ばれたと思った犬が近寄ってくる

の二首をとりあげて「若い女性ではめずらしいユーモアの感覚を持っている」と評価していた。この歌集の他の一連、たとえは「スカボロー・フェア」の次の二首なども私はユーモアの作として面白かったが、このユーモア感覚も彼女の明るさと無縁ではあるまい。

地方都市ひとつを焼きつくすほどのカンナを買って帰り来る姉
君の着る簡素な服に桃の汁したたりこれが夏だったのだ

明るさを価値として示す『行け広野へと』は光を題材にした歌が少なくないが、明るすぎる光に対して警戒的であることも彼女に対する私の信頼である。

三月の真ったただ中を落ちてゆく雲雀、あるいは光の溺死
はつなつの光よ蝶の飲む水にあふれかえって苦しんでいる

大きめの水玉

栗木　京子

歌集の前半に「行け広野へと」と題された一連が収められている。歌集名にもなっているこの一連は、第五十五回短歌研究新人賞（二〇一二年）の次席に選ばれた作品。応募の際の三十首のうち二十七首を収めている。選考委員であった私は、この一連を第一位に推したのであった。惜しくも受賞には至らなかったが、服部真里子さんは翌年の歌壇賞を受賞。安定した力量をもつ作者であることを強く印象付けた。

音もなく道に降る雪眼窩とは神の親指の痕だという

回るたびこの世に秋を引き寄せるスポークきらりきらりと回る

光にも質量があり一輪車ゆっくりあなたの方へ倒れる

地表とはさびしいところ擦《こす》っても擦《こす》っても表だけだ、と風が

一首目は「行け広野へと」一連の中で最も惹かれた歌。眼窩は眼球が入っている頭蓋骨のくぼみ。眼が疲れたときなど、私たちはそっと眼窩を上から指で押したりする。そんな何気ないしぐさを通して作者が「神の親指」を連想したところに注目した。神秘的で清らかで、どこか哀しい。上句の雪の景の確かさ、結句の語調のあたたかさ。すべてが相俟って、深遠な発見を柔らかな親しみを込めて差し出している。二首目以降の引用歌も同様の雰囲気をまとっている。光、質量、風、地表、そして季節。悠久の時間や空間を作者はまぶしそうに見つめている。まぶしそうではあるが、けっして目をそらさない。対峙した風景から「この世に秋を引き寄せる」「光にも質量があり」「地表とはさびしいところ」といったある種の箴言に近い認識を導き出し

ている。

私はそこに、詩誌「四季」や「コギト」に拠った三好達治や丸山薫や伊東静雄たちの世界をふと重ねてみたくなる。閉じた感覚ではなく、天体の運行や四季の推移といったもっとはるかなものへの心寄せがあるのだ。それは日本古来の抒情詩の根底につながるモチーフとも言える。服部さんの歌のもつ安らかさは、新しさの芯になつかしさを秘めているからこその情感ではなかろうか。

また、なつかしさとともに感じるのは、明るさへの希求でもある。

人の手を払って降りる踊り場はこんなにも明るい展翅板
藤の花垂れるしかない夕つ方映画のように笑ってようよ
駅前に立っている父　大きめの水玉のような気持ちで傍《そば》へ
花降らす木犀の樹の下にいて来世は駅になれる気がする
フォークランド諸島の長い夕焼けがはるかに投げてよこす伊予柑

残照よ　体軀みじかき水鳥はぶん投げられたように飛びゆく

一首目から三首目には「他者」が登場する。いずれの歌も上句に心情の屈折が見られる。無条件に明るい歌ではない。しかし、下句に広がりがある。

一首目の「展翅板」からは、まるでみずからが蝶になって体を展かれているような嗜虐性が漂う。二首目の「映画のように」は、言葉とは裏腹に映画のようにはゆかない現実の厳しさを突きつけてくる。三首目は単なる「水玉」でなく「大きめの水玉」が秀逸。父を思う娘の気持ちが絶妙の距離感をもって描かれている。下句はそれぞれ微妙な含みをもちながらも、一首を読み終わったあとに新しい場面がひらけてくるところに好感を覚えた。

四首目から六首目も、読後にのびやかさの生まれる歌である。木犀と来世の駅、フォークランド諸島と伊予柑、残照と体軀のみじかい水鳥。歌の中に思いがけない二物の出合いが仕組まれている。みずみずしく、大胆。あっけらかんとしていて、そこはかとないユーモアを感じさせる。「来世は駅になれる」「夕焼けがはるかに投げてよこす」「ぶん投げられたように飛びゆく」といった独特の発想において、とりわけ動詞に迫力がある、そして、そのことによって歌柄の大きな作品になっている。

反故になる口約束はかがやいて犬が散らしている雪柳

浜木綿と言うきみの唇《くち》うす闇に母音の動きだけ見えている

楽章の終りを奏者へ見せながら凭れあいたり譜と譜面立て

マフラーの房をほぐして笑ってる酔うとめんどくさい友だちが

モノの細部をじつに的確に切り取ったこれらの歌も、心に残った。たとえば四首目。ざっくりとした下句はいかにも若者らしい闊達さだが、上句の友だちのしぐさには内面の繊細さが表れている。さらに、それを静かに見抜いて、同じ痛みを共有している作者がいる。大雑把にならず、だからといって自閉的にもならない。作者はまさに「大きめの水玉」のような感受性と思索性で対象と向き合っているのだ。健やかで少し危なっかしいこの水玉は、とてつもなく魅力的に思われる。

光と影の歌たち

黒瀬　珂瀾

　ストイックな歌人、だと思う。服部さんから歌集の初稿が届いた時もびっくりした。自選が厳し過ぎ、一連によっては半分の歌が落ちている。あわてて電話をすると「だって、質が低くないですか？」とさも当然という反応。石川美南さんと僕とで説き伏せ（と言うと大げさだが）、幾つかの歌を戻すことになったが、このストイックさには度々驚かされてきた。本歌集にもその姿勢が強く反映されている。

春に眠れば春に別れてそれきりの友だちみんな手を振っている

白杖の音はわたしを遠ざかり雪降る街を眠らせにゆく
人の手を払って降りる踊り場はこんなにも明るい展翅板

自分を遠ざかる人、日々に繰り返される別れ、誰もがすぐ忘れてしまう小さな別離を、服部さんは深く心に刻む。一首目、春に別れた友達、とは学校の卒業を機に会わなくなった同級生のことだろうか。春になると夢の中で、友達とのにこやかな別れが繰り返される。これからもずっと。二首目、白杖で地面を打ちながら歩く、視力の不自由な人とすれ違ったのだろう。小さなすれ違いの奥にふと、その人の心の世界を思う。三首目、「人の手を払って降りる」とは、無理やり払ったのか、優しく手を離したのか。その時自分は「明るい展翅板」のような階段の踊り場に立った。展翅板とは虫の標本の土台とする板だから、ここには自分をまるで標本の虫のように見つめる視線がある。ナルシシズムと微妙な自己加罰を感じさせるが、だとしたらこれは、強引に手を払っての別れだったのかもしれない。

これらの別れは、静けさの中に起きた、不意の感情のさざめきだろう。特に三首目のように、激しさを内包しつつも徹底して静かな描写を求める姿勢には、作者のストイックな精神を思わざるを得ない。

雪は花に喩《たと》えられつつ降るものを花とは花のくずれる速度
蜂蜜はパンの起伏を流れゆき飼い主よりも疾《と》く老いる犬
陶製のソープディッシュに湯は流れもう祈らない数々のこと
どの町にも海抜がありわたくしが選ばずに来たすべてのものよ

そうしたストイックさと関係があるだろうが、服部さんの歌には〈孤独〉や〈滅び〉〈磨滅〉〈忘却〉といったものが、光を纏いつつ浮かび上がっている。むしろそれらを優しいものとして、もしくは、生きるための望みとして受け取るような心がある。例えば、吉岡太朗歌集『ひだりききの世界』にもそんな感覚があったが、そうした、影を光に転換させる修辞の優しさ、繊細さは、一つの世代の傾向かもしれない。その中でも服部さんの歌世界には特に、影を光として愛おしむ感覚が顕著だ。四首目、私はあまりにも多くのものを「選ばずに来た」。私の生の後ろで、私が見捨ててきた多くのものたちが、声なき賛歌を歌い続けている。あらゆる街が「海抜」という数字を定められ、海との関係を無くすことができないように、選ばなかったものたちと私も永遠につながってゆく。

明晰さは霜月にこそさびしけれスレイマーン、またはソロモン
キング・オブ・キングス　死への歩みでも踵から金の砂をこぼして
あかあかと愛の言葉よあの日静かにモーセの前で燃えていた柴
塩の柱となるべき我らおだやかな夏のひと日にすだちを絞る
少しずつ角度違えて立っている三博士もう春が来ている

筆者の勇み足かもしれないが、影を光となす感覚と、服部さんのキリスト教への思いはどこかで重なる気がする。旧約、新約聖書の世界に触れた歌を挙げた。一首目、「スレイマーン」とは古代イスラエルのソロモン王のアラビア語読み。知恵を称えられる王の名を二種類の言語で思いつつ、その明晰さに寂しさを感じる。そこには現在の中東の民族対立への思いがあるだろうか。二首目、「王の中の王《キング・オブ・キングス》」とはイエス・キリストを指すのだろう。十字架を背負いゴルゴダの丘へと登る歩みを作者は思っている。三首目は、「出エジプト記」にある、燃える柴を通してモーセが神と最初に出会ったシーン。「愛の言葉」は神の言葉であり、作者自身の恋愛の言葉でもあるだろう。四首目はソドムとゴモラの滅亡時に塩の柱となったロトの妻の話を踏まえているし、五首目の「三博士」もイエス・キリストの誕生に立ち会った東方の賢者たちだろう。中世絵画を見ての作だろうか。やはりそれらの心は、作者の歌世界の基盤ともなっているだろう。服部さんの歌には、不思議な情熱の高まりと深い抑制とがあり、静かな救済を願う祈りがこぼれている。彼女にとっての歌の大切さを思う。

僕が未来短歌会で選歌欄を持った時、真っ先に参加してくれたのが飯田彩乃さんと服部さんだった。入会すぐに歌壇賞、さらに一年後には「いつの日か君がなくしてしまうライター」で未来賞を得た彼女の歌は今、輝きの裡にある。その輝きが一冊となった。読者の心に光を灯す貴女の歌集を、僕は心から祝福します。

行け広野へと

服部真里子

歌集　行け広野へと＊目次

歌集　行け広野へと

装幀　名久井直子

雲雀、あるいは光の溺死

三月の真っただ中を落ちてゆく雲雀、あるいは光の溺死

冬の終わりの君のきれいな無表情屋外プールを見下ろしている

片恋よ　春の愁いの一日をティッシュペーパーほぐして過ごす

雨の昼わたしを訪ねる人のいてうつむきがちなハンカチ落とし

コンドルがどうして好きだったんだろうテトラポッドを湿らせる雨

春に眠れば春に別れてそれきりの友だちみんな手を振っている

前髪へ縦にはさみを入れるときはるかな針葉樹林の翳り

病む犀の歩みをテレビに見ていたりじきにここにも夕闇が来る

終電ののちのホームに見上げれば月はスケートリンクの匂い

老いるのをなお怖れつつふたり見る楡の小枝の触れあうところ

白杖の音はわたしを遠ざかり雪降る街を眠らせにゆく

雪の日の観音開きの窓を開けあなたは誰へ放たれた鳥

洗い髪しんと冷えゆくベランダで見えない星のことまで思う

ほほえみを　あなたの街をすぎてゆく遊覧船の速度を　風を

反故になる口約束はかがやいて犬が散らしている雪柳

十五分遅れる、ごめんとメールして虹のふもとの街へ入りゆく

スプラッシュマウンテン落ちてゆく春よ半島は今ひかりの祭り

夏の骨

はつなつの光よ蝶の飲む水にあふれかえって苦しんでいる

湖の近くに家があると言うなるべく嘘に聞こえるように

人の手を払って降りる踊り場はこんなにも明るい展翅板

落ちている風切り羽を拾い上げごくささやかにきみを祝った

売られいるラナンキュラスにことごとく葉のないことを話題に選ぶ

諍いをそれとなく避け出かければ貴和製作所に降る天気雨

きみの靴　きみの不機嫌　透過して少年野球の声が聞こえる

傷ついた眼鏡をはずし仰ぎたり青空の傷、すなわち虹を

藤の花垂れるしかない夕つ方映画のように笑ってようよ

なにげなく摑んだ指に冷たくて手すりを夏の骨と思えり

金印を捺す

金印を誰かに捺《お》してやりたくてずっと砂地を行く秋のこと

粘膜のような光を載せたまま昼を眠っている海だった

一筆箋切りはなすとき秋は来る唇《くち》から茱萸《ぐみ》の実をあふれさせ

ひと夏に伸びた分だけとめている大きめの君のくちばしクリップ

花降らす木犀の樹の下にいて来世は駅になれる気がする

あなたの眠りのほとりにたたずんで生涯瘦せつづける競走馬

鳥を飼いたかったこともサンダルもなべて金星ほどの光点

金印を捺されたような静けさに十月尽の橋わたる人

千夜一夜

手を広げ人を迎えた思い出のグラドゥス・アド・パルナッスム博士

砂袋積まれたままの川べりで少し電話をしていたかった

昨日より老いたる父が流れゆく雲の動画を早送りする

今夜から未明にかけてめくられる無数の頁　やがて川音

浜木綿と言うきみの唇《くち》うす闇に母音の動きだけ見えている

小旅行あきらめ眠る僕たちをやがて迎えに来る千の夜

捨ててゆけ　髪を解《ほど》けばあおられて南へ渡る鳥のかたちに

星が声もたないことの歓びを　今宵かがやくような浪費を

炭酸のボトルぶらぶら提げたまま千と一つの夜越えてゆく

夜の渡河

ふかぶかと息を吐《つ》きつつ父親は冬の厨に大根を蒸す

花林糖くだいて口へもっていく指に寒さは極まりゆくも

夜の渡河　美しいものの掌が私の耳を塞いでくれる

窓ガラスうすき駅舎に降り立ちて父はしずかに喪章を外す

セキレイの背にも雪降るこの夜を帰り来たりぬ喪服のままに

耳朶をうつ雪のはばたき子を産まぬ予感はときに幸福に似て

引き金のようにそこだけかがやいて沈丁花咲く父の傍ら

煌々と明るいこともまた駅のひとつの美質として冬の雨

冬のカメラ

樅の木の線対称のいくつかを収めた冬のカメラを磨く

やさしげな眉のかたちに浮かびきて月は夜空の表情を成す

はめ殺し窓のガラスの外側を夜は油のように過ぎるも

人の家の窓を拭えばひと晩じゅう目をみひらいていた冬銀河

さよ　とは従姉の名前　借りた本かえしに三日月の下を行く

たとえば火事の記憶　たとえば水仙の切り花　少し痩せたね君は

雪は花に喩えられつつ降るものを花とは花のくずれる速度

水仙の茎の微光を手のひらに束ね夜半の窓を見ている

冬は馬。鈍く蹄をひからせてあなたの夢を発つ朝が来る

さよなら三月、もう会えないね　陽だまりにほつほつ化粧水をこぼして

花びらと母を率いてやってきてひねもす温水プールに遊ぶ

行け広野へと

当たらない星占いがきらきらと折りたたまれて新聞受けに

認識を淡くしている春の雪ひと駅ぶんを歩いて街へ

向こうという言葉がときに外国を指すこと　息の長い水切り

窓際で新書を開く人がみな父親のよう水鳥のよう

花曇り　両手に鈴を持たされてそのまま困っているような人

腐敗したもやしが少し森の匂い運命について思いはじめる

駅前に立っている父　大きめの水玉のような気持ちで傍《そば》へ

家路とは常に旅路でゆるやかに髪を束ねて川沿いを行く

しょうもない話もしつつ幾度《いくたび》かともに過ごせりあさりの旬を

春だねと言えば名前を呼ばれたと思った犬が近寄ってくる

人ひとり待たせて犬の顔覗く犬の瞳にさくらは流れ

蜂蜜はパンの起伏を流れゆき飼い主よりも疾《と》く老いる犬

雪は降りやまぬ肉屋の店先にあまたの肉を眠らせながら

父よ　夢と気づいてなお続く夢に送電線がふるえる

音もなく道に降る雪眼窩とは神の親指の痕だという ね

花畑広がるあたりから父の話し声やや曇りはじめる

菜の花が夢そのもののように咲く日暮れあなたの電話がひかる

行くあてはないよあなたの手をとって夜更けの浄水場を思えり

誰がために揚がる半旗かふくらんで刻々と風のかたちを示す

陶製のソープディッシュに湯は流れもう祈らない数々のこと

楽章の終りを奏者へ見せながら凭れあいたり譜と譜面立て

届かないものはどうして美しい君がぶどうの種吐いている

灯されてこの世のあらゆる優しさを離れプラネタリウムはめぐる

よろこびのことを言いたいまひるまの冷たいカレーにスプーン入れて

野ざらしで吹きっさらしの肺である戦って勝つために生まれた

広野《こうや》へと降りて私もまた広野滑走路には風が止まない

丈高きカサブランカを選び取るひとつの意志の形象として

スレイマーン、またはソロモン

回るたびこの世に秋を引き寄せるスポークきらりきらりと回る

酢水へとさらす蓮根《はすね》のうす切りの穴を朝《あした》の光がとおる

赦すこと　花の蕾を食べること　頬のつめたい日に覚えたね

衝動買いしないあなたが傾けるペットボトルを気泡がのぼる

どの町にも海抜がありわたくしが選ばずに来たすべてのものよ

弾く者の顔うつすまで磨かれてピアノお前をあふれ出す河

いっしんに母は指番号をふる秋のもっともさびしき箇所に

明晰さは霜月にこそさびしけれスレイマーン、またはソロモン

ガラス戸に触れて夜の深さを測る　ちいさな雪と書いて小雪

キング・オブ・キングス

光にも質量があり一輪車ゆっくりあなたの方へ倒れる

響きあう無数の括弧につつまれて（（（作中主体）））はまどろみの中

君の投げる少しいびつなブーメラン海へ行っても戻ってくるね

新疆とはあたらしい土地　わたしにも名づけた人にもその子孫にも

真鍮の分度器はつかに曇る朝母よあなたは子を見失う

キング・オブ・キングス　死への歩みでも踵から金の砂をこぼして

もらいものの柚子はとびきり明るくて君の言葉を水がはじくよ

天国がどこにあっても蹄鉄がきっと光っているから分かる

青桐の一葉ごとに国があり君は淋しい王様であれ

冬晴れのひと日をほしいままにするトランペットは冬の権力

あなたを覚えている

印字のうすい手紙とどいて中国の映画の予告編のような日

指掛けて靴をそろえる一瞬のうつくしい世界の氷づけ

たったいま水からあがってきたような顔できれいな百円を出す

キビタキの柄の便せん北に住む友宛てなればより深く折る

壮大なかかと落としのように日は暮れて花冷えの街となる

花曇りはるのひかりは重たくてガチャピンの頭かしいでおりぬ

逆さまにメニュー開いて差し出せばあす海に降る雨のあかるさ

湯の底に沈みつつ咲く花がありあなたを覚えていると思うの

草刈りののちのしずもり　たましいの比喩がおおきな鳥であること

あかあかと愛の言葉よあの日静かにモーセの前で燃えていた柴

持ち切れぬものはなくしてゆくけれど泰山木に月が昇るよ

イヌタデの花かぜまかせ僕たちは寄るとさわると笑ってばかり

木犀のひかる夕べよもういない父が私を鳥の名で呼ぶ

鶏肉がこわかった頃のわたくしに待ち合わせを告げてくれませんか

アルパカの立つ夢枕、明日から街は春へとかたむくでしょう

英語のニュース聞く夜と朝まぶしくてまぶしすぎて見えない天体よ

天体の凝視

しろがねの輪を開きつつ少年は自転の軸の傾きを言う

運河を知っていますかわたくしがあなたに触れて動きだす水

（海は夜です）東へ伸びる半島はおおきなホルンに巻かれて眠る

わるくちを言いあいながらやってくる春と瞼のやさしい友と

万国旗ひるがえりまたうらがえり君のひかりを更新するね

空き部屋にわずか湿りをもたらして三月の白氏文集《はくしもんじゅう》ひらく

沈黙はときに明るい箱となり蓋を開ければ枝垂れるミモザ

人の世を訪れし黒いむく犬が夕暮れを選んで横たわる

ガラス戸に辞書を開いて押し当てるガラスはしずかに疲れていった

赤錆の外階段に置かれいる君の知らないきみのトルソー

輝ける鰯の群れを夢に見てわれらさむざむ両手を洗う

いもうとの記憶をついに持たざりし父にやわらかな羊歯の葉ふれる

この夜の眠りを捨てた人だけがホタルブクロの群生に立つ

天国の求人票をまき散らし西瓜畑へ遊びに行こう

夜空から無数の輝く紐垂れて知らない言葉なんて話さない

夜光

七月は大きな盥《たらい》七月は朝ごとにその瞳を洗う

穏やかに心の端をしめらせて手を当てるブルーギルの水槽

航海の技術について言いながらトレイドロップにトレイを放す

トイレットペーパーの上の金属のやさしい歪《ゆが》み　熱帯夜だね

王国の領土のようで誰ひとり拾えないコピー用紙に光

東京を火柱として過ぎるとき横須賀線に脈打つものは
この夏の月経を終え夜の橋へ　そのゆるやかな傾斜の上へ

心まで光に透ける日があって今そこにいますか、初夏

あまりにも輝かしすぎる水切りを友は身投げのようだと言った

フォークランド諸島の長い夕焼けがはるかに投げてよこす伊予柑

流砂

感情　あるいは黒いオリーブのひとつひとつについている星

手のひらで耳を覆って夜の部屋ここが熱砂の流れるところ

遠雷のように野球の話聞く駐車場だけ変に明るい

かなしみの絶えることなき冬の日にふつふつと花豆煮くずれる

湖を夢に訪れああこれはあなたのために鎖《さ》される扉

海蛇が海の深みをゆくように　オレンジが夜売られるように
嘘をきらう君と私はいっしんにスノードームに雪を降らせる

サイレンは高くまた低く君のいたあらゆる都市は夕暮れていく

地表より

海を見よ　その平らかさたよりなさ　僕はかたちを持ってしまった

息つめてサドルの取れた自転車に成層圏の気配を探す

ひとごろしの道具のように立っている冬の噴水　冬の恋人

地表とはさびしいところ擦《こす》っても擦《こす》っても表だけだ、と風が

湖は地図なんだと彼女は言って二匹の黒いメダカを放す

走れトロイカ　おまえの残す静寂に開く幾千もの門がある

ささくれに血をにじませてその人は静かの海の重力を言う

ポケットの一つもない服装をしてしんとあなたの火の前に立つ

調律師の感性を書きつけたメモを雪原に置いてきてしまったよ

校庭で遭難しようひとすじのスプリンクラーは冬を寿ぐ

塩の柱

母親に「きみ」と呼びかけている夢　海岸線はいつでも遠い

うす紙に包まれたまま春は来るキンポウゲ科の蕊には小雨

分からないこと分からないままの夢におもおもと西瓜の実りゆく

蝶を踏む足裏の柔《やわ》さ光にはひかりの色の繊毛がある

夕立を抜ける東海道線をつかの間夢へ迎え入れたり

桜えびポリ袋からこぼしつつ舌禍の多い小春日のこと

鉄塔は天へ向かって細りゆくやがて不可視の舟となるまで

執拗に赤子の性器たしかめる仕草でコーヒースプーンを拭く

あまり人をけなさないかな　一輪車曳けばいつしかずれゆく弧線

祖母《おおはは》の暴力的に食べ残すみかんやみかんの袋や筋や

感覚はいつも静かだ柿むけば初めてそれが怒りと分かる

うす曇り吹き散らされた花びらが水面に白い悪意を流す

父眠りし後もしばらく続きおり『鬼平犯科帳』の剣戟

封筒のおかあさんへという文字の所在なく身をよじっている夜

塩の柱となるべき我らおだやかな夏のひと日にすだちを絞る

脱ぎ捨てた靴下長きフローリングおやすみわたしの知らない犬よ

ムスカリのみどりの勁《つよ》さ風の中自分のしてきたことだけ告げる

スプリングコート・フェアが終わるまで

祖母宛てに来た郵便が催しを告ぐ春先の催し物を

改札からまっすぐ海の見える駅なにを貸したか憶えていない

魂のうつわを舟と呼ぶならば舟の隣で一夜を過ごす

おだやかに下ってゆけり祖母の舟われらを右岸と左岸に分けて

祭壇の花の種類は時期により違うと今の時期はこれだと

判断をひとまず措いて窓の外見ている母と伯母と従姉妹と

北欧の水の売られるキオスクに伯父とふたりで照らされており

死に顔と遺影を描けば死に顔の方がはるかに似せやすいこと

こうやって見ているあなたが眠るのを植物図鑑のような顔だね

風物詩　あらんかぎりのくしゃくしゃのカーネーションを柩に詰める

ああ白い花の名ばかり口をつき電気をつけて寝てもいいかな

喜びや悲しみではなくそれはただ季節の変わり目の蜃気楼

スプリングコート・フェアが終わるまで私の中にひそやかな森

積載量いっぱいに春の花のせてトラックは行く真昼の坂を

セキレイ

白い犬と座る川べり、首長き楽器のように冬は来たりぬ

運ぶべきものを運んで海をゆくコンテナ船の長き軌跡は

朝礼は訓示残して終わりつつ駅舎を越えて飛ぶポリ袋

僕たちは舟ではないが光射すスープ店に皆スープを持って

なぜそんな開けっ放しの感情を　日のあたる庭に百舌のはやにえ

セキレイ

セキレイのことを数秒間思う夜明け　引き出し閉めて立ち去る

冬の火事と聞いてそれぞれ思い描く冬のずれから色紙《いろがみ》が散る

この雪は語彙多き雪ふるさとは帽子目深にかむりて眠る

父親と塩田をおとずれる夢のまばゆさ増して目覚めてしまう

遮断機は一度に上がり少年よこれがお前の新しい本

少しずつ角度違えて立っている三博士もう春が来ている

あたらしい紙の匂いに振り向かぬ君が見たのを光と思う

湖と引力

ひとりひとつしんと真白き額もつあれは湖へゆく人の群れ

くだらないことであんまり笑うから服の小花の柄ぶれている

天窓の開け放されたような日のバドミントンという空中戦

はるばると首をもたげてみな湖《うみ》の方を見ている信号機たち

鶏頭のひと茎が燃えつきるまでここで話をしてすごそうか

蔦の葉は重なりあって夏という夏が塀からなだれていたり
とりたてて言わない思い出として君が花をむしって食べていたこと

感情を問えばわずかにうつむいてこの湖の深さなど言う

友人に借りた歌集にひえびえと風景写真挟まれており

夕映えの湖《うみ》前にして目薬を差せばことごとく外れて頰へ

湖に君の姿は映されてそのまま夏の灯心となる

残照よ　体軀みじかき水鳥はぶん投げられたように飛びゆく

八月をすぐ遠景にしてしまう日暮れの舟のしずかな離岸

櫂を漕ぐ手に手を添えて炎暑から残暑へ君を押しやる力

どの魚もまぶたを持たず水中に無数の丸い窓開いている

日のひかり底まで差して傷ついた鱗ほどよく光をはじく
湖と君のさびしさ引きあって水面に百日紅散るばかり

幸福と呼ばれるものの輪郭よ君の自転車のきれいなターン

コンビニはひかりの名前ひとつずつ呼びかけながら帰路は続くよ

スカボロー・フェア

ジャンプと水だけ提げて晩秋のホームの端から端まで歩く

笑ってと言われて困っているような顔の車だ　椎の木の下

神様を見ようと父と待ちあわせ二人で風に吹かれてすごす

“Are you going to Scarborough Fair?”《スカボローの市場へ行くの?》前髪をのけた額にみずうみを見る

地方都市ひとつを焼きつくすほどのカンナを買って帰り来る姉

はばたきのシステムという美があってそれに指先だけ触れている

眠る術《すべ》みなうつくしくたたまれて貨物列車は夜の駅舎に

ありふれた時間移動《タイムトリップ》のシーンだが今朝の雨のやみぎわに似ている

ピアノには翼しかない　磨りガラスごしに朝陽のさす非常口

君の着る簡素な服に桃の汁したたりこれが夏だったのだ

自転車に乗ろうと思ったことのない君と日暮れの放水を待つ

光……と言いかけたまま途絶するアオスジアゲハからの交信

風の吹く床屋へ去ってゆく父がここからは逆光で見えない

夜が明けたら、春

何らかの口止め料のようにして眠るキャベツを受け取っている

春の夜は生き物だろう春の夜の李禹煥《リウーファン》の絵の具の湿り

石鹼のかおる季節よ人々のとても静かな宇宙遊泳

マフラーの房をほぐして笑ってる酔うとめんどくさい友だちが

駅ごとに細い付箋を立てながら父は出かけてゆくのか春へ

体温の少しずつ滲《にじ》みだしていく計量カップの水にも夜明け

いつの日か君がなくしてしまうライター

スカーフを広げてみせる　知っているかぎりの花の名を教えてよ

陽だまりに炭酸水の気はぬけて思い出す君のひどい言いぐさ

眠たげなまぶたのごとき春の闇三人官女は右へ寄りつつ

どこをほっつき歩いているのかあのばかは虹のかたちのあいつの歯形

青空からそのまま降ってきたようなそれはキリンという管楽器

いつの日か君がなくしてしまうライター

揚力は青いかがやき　恍惚と揚力を脱ぎすてるよ鳶が

かたばみが葉をみな閉じて待っている声のかすれた夜明けの雨を

雨に声、人間に耳のあるゆえに夜はゆたかな襞の暗幕

あたたかな量感として受けいれる白木蓮《はくれん》のころあなたの舌を

いつの日か君がなくしてしまうライター

水という昏《くら》い広がり君のうちに息づく水に口づけている

朴の葉は手のひらに似て人々を包みこみゆくみどり　ねむり

花殻をちらしてやまぬクスノキよ少年は語尾から大人びる

金貨ほどの灯《ひ》をのせているいつの日か君がなくしてしまうライター

こときれて真珠をこぼす首飾り春が終わるまで遊んでおいで

君の見る虹の右足ひだり足すこやかに老いてゆけますように

しろたえのヤナギガレイに塩ふればいつか私に届く郵便

あれはともし火

Tシャツにかがやくタグを切りはなす　微風、快晴、会いに行けるよ

海開きまでの数日語りあう小説のタイトルの良し悪し

泳ぐには少し早いね真っ白な切手を売って暮らしていたい

スニーカーひっくり返し昼顔の花にわずかな砂をこぼせり

砂に腕ふかく差し込み目をつぶる　葡萄色している　これは海

ほほえみの角度に首をかたむけて佇むひまわりに目鼻なし

けれど私は鳥の死を見たことがない　白い陶器を酢は満たしつつ

酸漿《ほおずき》のひとつひとつを指さしてあれはともし火　すべて標的

ひまわりの種をばらばらこぼしつつ笑って君は美しい崖

遠雷よ

銀色の部分をときおりひらめかせ君がたたんでいるパイプ椅子

まひるまの路上にひらく地図のなか水族館は清き方形

どこへ行くのそんな薄着で　桔梗ならいくら群れてもさびしいばかり

見下ろせばほとんどひかり父親がラジオ体操第二を踊る

遠雷よ　あなたが人を赦すときよく使う文体を覚える

草原を梳いてやまない風の指あなたが行けと言うなら行こう

手の甲で陶器に触れる　恋人がわたしに運んで来るのは季節

どんな水鳥でも水ではない

新年の一枚きりの天と地を綴じるおおきなホチキスがある

座る場所だけ置いてある不思議さの冬の親水公園を過ぐ

初雪は薄荷の匂いをさせていてわたしの髪にふれるのは誰

文鳥にどんなたましい言葉狩りののちの世界は白く広がり

冷たいね　空に金具があるのならそれに触ってきた表情だ

淋しさのしずかな推移ウミネコが浮かぶよ海の二階のあたり

さえざえと夜明けの君の頬の線どんな水鳥でも水ではない

エレベーターあなたがあなたであることの光を帯びて吸い上げられる

あとがき

これは私の第一歌集です。十九歳で短歌をはじめてから、二十七歳になるまでに作った歌のうち、二八九首を集めました。その間、早稲田短歌会に入り、同人誌「町」の結成と解散を経て、今は未来短歌会に所属しています。製作順と作品の並びは、まったく関係ありません。歌集製作にあたり、初出時と大幅な歌の入れ換えを行ったものもあります。この八年、私と私の短歌に関わってくださった方、特に出版にあたりお力添えをいただいたすべての方に、深くお礼を申し上げます。

人間の本質は暴力だと思う、とかつて書いたことがあります。暴力とは、相手を自分の思う通りの姿に変えようとすることだと。今でも、人が人と関わることは本質的に暴力だと思っています。

けれど、私が短歌を作ってきたのは、つきつめれば人と関わるためです。人間が、互いに暴力でしか触れあえない存在だったとしても、それでもなお、人が人と関わろうとする意志に希望があると信じるからです。

ここに収められた私の歌が、どのような読み方をされても、私はうれしいです。読んだ人と関わることができたからです。

この歌集があなたのもとに届いて、本当にうれしいです。読んでくださって、ありがとうございました。

服部真里子

二〇一四年七月

著者略歴

服部真里子（はっとり　まりこ）

1987年　横浜生まれ。
2006年　早稲田短歌会入会、作歌を始める。
2009年　同人誌「町」参加。2011年解散。
2012年より　未来短歌会所属。
2012年　第55回短歌研究新人賞次席。
2013年　第24回歌壇賞受賞。
2015年　第21回日本歌人クラブ新人賞受賞。
　　　　第59回現代歌人協会賞受賞。

歌集 行《い》け広野《こうや》へと　ホンアミレーベル11

二〇一四年九月十五日発行　初刷
二〇二四年九月二四日　第五刷

著　者　服部真里子
発行者　奥田　洋子
発行所　本《ほん》阿《あ》弥《み》書店
東京都千代田区神田猿楽町二―一―八
三恵ビル　〒一〇一―〇〇六四
電話　〇三（三二九四）七〇六八
印刷・製本　日本ハイコム株式会社
定　価　二二〇〇円（本体二〇〇〇円）⑩

ISBN978-4-7768-1113-8 C0092 (2834)